Le chasseur de rêves

Texte de Troon Harrison

Illustrations de Alan et Lea Daniel

Texte français de Christiane Duchesne

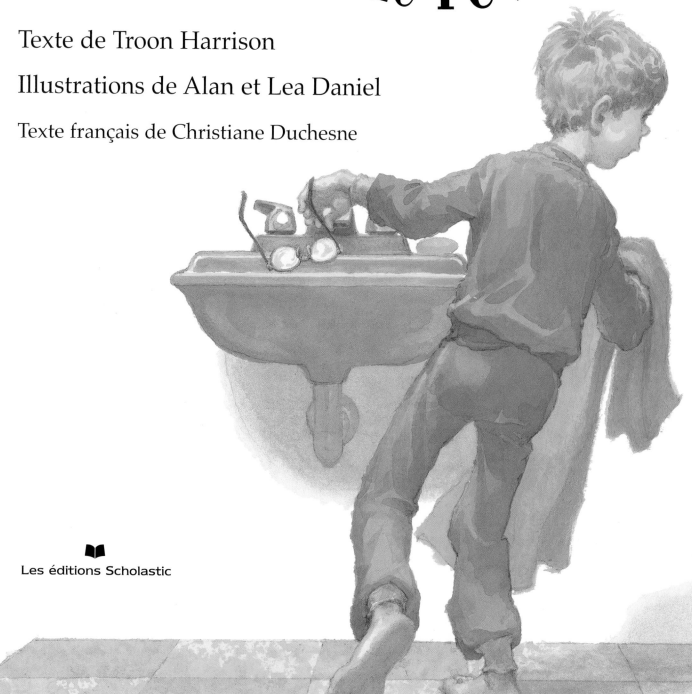

Les éditions Scholastic

Pour Ripley — qui dort les yeux ouverts —
et pour Chris, avec tout mon amour — T.H.

Pour Timolin, Melissa et Jeff — A.D. et L.D.

Données de catalogage avant publication (Canada)

Harrison, Troon, 1958-
  [Dream collector. Français]
  Le chasseur de rêves

Traduction de : The dream collector.
ISBN 0-439-00450-0

I. Daniel, Alan, 1939- . II. Daniel, Lea. III. Duchesne, Christiane, 1949-
IV. Titre. V. Titre : Dream collector. Français.

PS8563.A6587D7314 1998   jC813'.54 C98-932611-X
PZ23.H37Ch. 1998

Édition publiée par Les éditions Scholastic,
175, Hillmount Road, Markham (Ontario) L6C 1Z7,
avec la permission de Kids Can Press Ltd.

5 4 3 2 1   Imprimé à Hong-Kong   9 / 9 0 1 2

Très tôt, pendant que tout le monde dort
encore, Zacharie sent que ce samedi-là sera
extraordinaire. Deux zèbres et un gros chien
très poilu boivent dans le bassin des oiseaux.
Depuis des mois, Zacharie supplie ses parents
de lui acheter un chien exactement comme
celui-là.

   — Attendez-moi! crie-t-il en enfilant
ses espadrilles.

Zacharie ouvre la porte et aussitôt les zèbres s'éloignent au galop à travers les fleurs. Le chien part à leurs trousses. Au moment de les suivre, Zacharie remarque autre chose : il y a un vieux camion, aux pare-chocs couverts de poussière, garé au bout de l'allée qui mène à la maison. Grimpé sur une boîte en bois, un petit monsieur regarde sous le capot. Il porte une salopette avec des boutons bien brillants.

— Bonjour! dit Zacharie. Qui êtes-vous?

— Regarde sur la portière, répond l'homme avec un petit rire.

— «Le chasseur de rêves nettoie vos rues avant l'aurore», lit Zacharie à voix haute. Qu'est-ce que ça veut dire? demande-t-il.

Le chasseur de rêves sort la tête et sourit. Ses joues ont la couleur de vieilles prunes et ses yeux sont bleus comme un ciel sans nuage.

— As-tu déjà pensé à ce qui arrivait à tes rêves? demande-t-il à Zacharie.

Zacharie secoue la tête.

— Jamais? Eh bien, c'est moi qui les ramasse, juste avant le lever du soleil. C'est un règlement municipal, explique le chasseur de rêves.

— Super! Et qu'est-ce qui arrive si vous ne les ramassez pas? demande Zacharie.

— Le désastre! s'exclame le chasseur de rêves. Plus la nuit s'approche du matin, plus les rêves semblent réels. Une fois le soleil levé, ça y est, ils sont là pour de bon. Tu imagines tout le voisinage envahi par des rêves?

Au même instant, deux pirates descendent l'allée.

— C'était le rêve de quelqu'un? demande Zacharie.

— Oui, réplique le chasseur de rêves en replongeant sous le capot.

Zacharie l'entend marmonner quelque chose à propos d'un piston.

— Vous avez un problème de moteur? demande-t-il.

— Oui. Mon camion ne veut pas démarrer, et j'ai oublié mon coffre d'outils, répond le chasseur de rêves, d'une voix bien soucieuse.

— Je peux vous en prêter, des outils, dit Zacharie.
Qu'est-ce qu'il vous faut?

— Peux-tu trouver une clé à bougies, un testeur de
batterie et un jeu de douilles?

Zacharie court au garage et fouille parmi les outils
de son père. Il n'est pas sûr de connaître le nom de
chacun. Zacharie trouve le testeur de batterie, mais il
ne sait pas du tout quelle est la bonne clé. Il en prend
plusieurs pour que le chasseur de rêves puisse
choisir celle qu'il lui faut.

Juste au moment où Zacharie revient vers le camion, le chien poilu passe comme un éclair, derrière trois lapins.

— Hé! C'est le chien de mon rêve! s'exclame-t-il. C'est un chien comme celui-là que je veux.

Il y a maintenant des rêves partout. Le chasseur de rêves regarde les alentours d'un regard angoissé.

— Il faudrait déjà avoir nettoyé la rue, se lamente-t-il. Le soleil va bientôt se lever. C'est urgent.

Il choisit une des clés anglaises. Zacharie trouve qu'elle est bien petite pour réparer un si gros camion. Il espère que le chasseur de rêves sait ce qu'il fait.

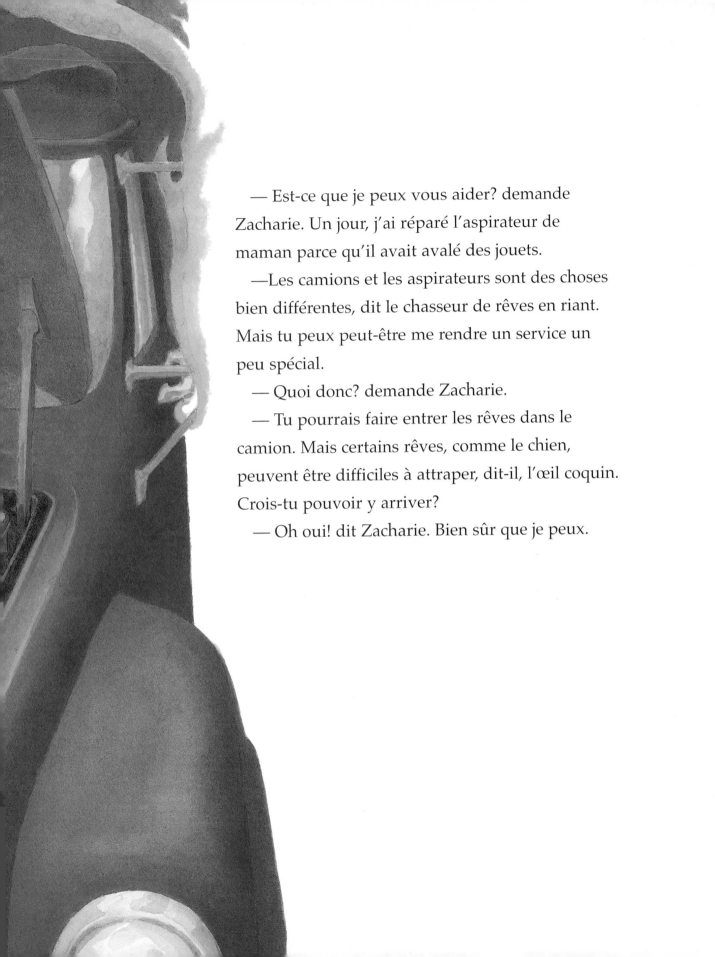

— Est-ce que je peux vous aider? demande
Zacharie. Un jour, j'ai réparé l'aspirateur de
maman parce qu'il avait avalé des jouets.

—Les camions et les aspirateurs sont des choses
bien différentes, dit le chasseur de rêves en riant.
Mais tu peux peut-être me rendre un service un
peu spécial.

— Quoi donc? demande Zacharie.

— Tu pourrais faire entrer les rêves dans le
camion. Mais certains rêves, comme le chien,
peuvent être difficiles à attraper, dit-il, l'œil coquin.
Crois-tu pouvoir y arriver?

— Oh oui! dit Zacharie. Bien sûr que je peux.

Zacharie entre dans la maison sans faire de bruit, et va chercher ce dont il a besoin pour attraper les rêves. Lorsqu'il ressort, le soleil commence à se lever. Il doit faire vite.

Les carottes et le lasso fonctionnent à merveille et, rapidement, les zèbres se retrouvent dans le camion. Les perroquets, eux, adorent le sifflet brillant.

— Facile, ce travail! dit Zacharie. Maintenant, il me faut le chien!

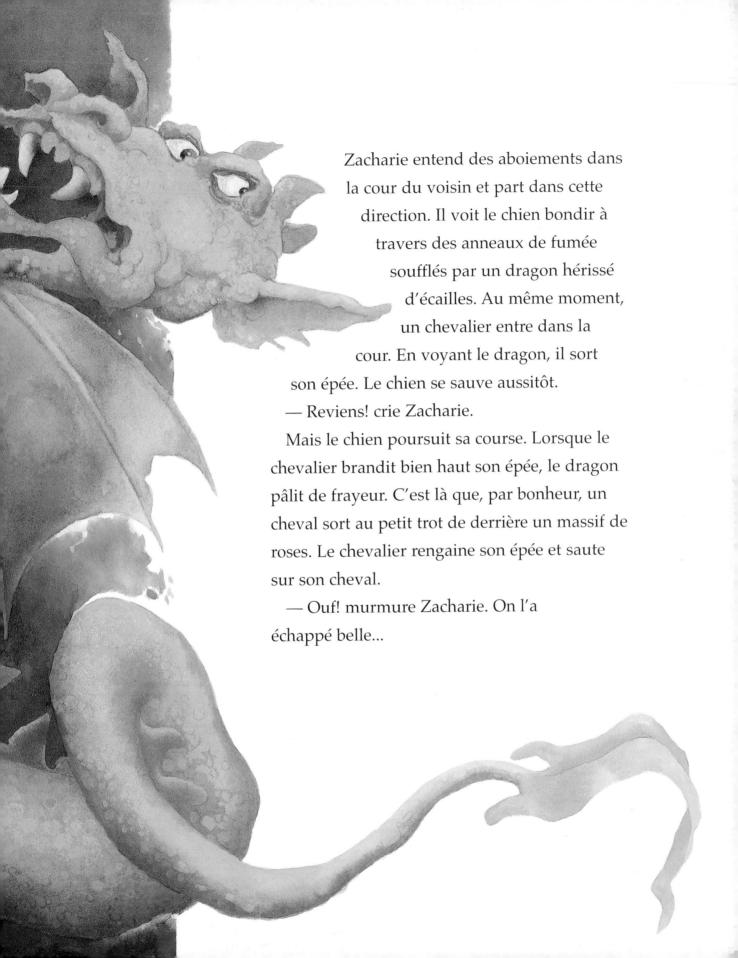

Zacharie entend des aboiements dans la cour du voisin et part dans cette direction. Il voit le chien bondir à travers des anneaux de fumée soufflés par un dragon hérissé d'écailles. Au même moment, un chevalier entre dans la cour. En voyant le dragon, il sort son épée. Le chien se sauve aussitôt.

— Reviens! crie Zacharie.

Mais le chien poursuit sa course. Lorsque le chevalier brandit bien haut son épée, le dragon pâlit de frayeur. C'est là que, par bonheur, un cheval sort au petit trot de derrière un massif de roses. Le chevalier rengaine son épée et saute sur son cheval.

— Ouf! murmure Zacharie. On l'a échappé belle...

Maintenant, une foule de rêves se presse
dans le jardin.

— Tout le monde derrière moi! lance Zacharie en
prenant la tête du cortège.

L'un après l'autre, les rêves montent dans le camion.
Zacharie soupire de soulagement. Seul le chien
manque à l'appel.

Zacharie descend la rue encore une fois et siffle
pour appeler le chien. Là-bas, dans les buissons, le
chien aboie.

— Sors de là! crie Zacharie en écartant les branches.
Mais le chien a disparu.

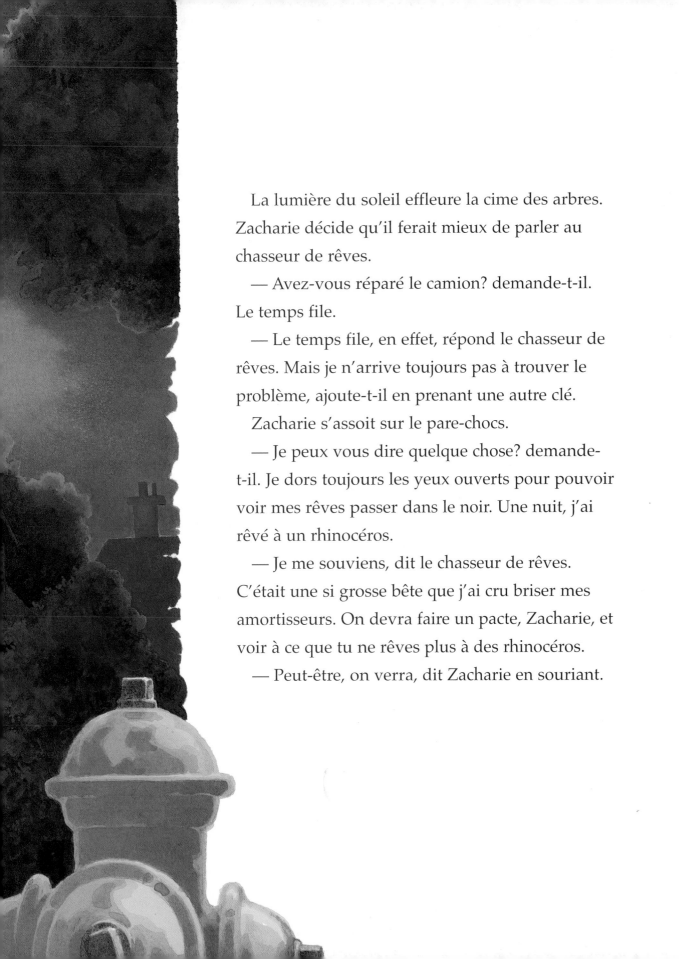

La lumière du soleil effleure la cime des arbres. Zacharie décide qu'il ferait mieux de parler au chasseur de rêves.

— Avez-vous réparé le camion? demande-t-il. Le temps file.

— Le temps file, en effet, répond le chasseur de rêves. Mais je n'arrive toujours pas à trouver le problème, ajoute-t-il en prenant une autre clé.

Zacharie s'assoit sur le pare-chocs.

— Je peux vous dire quelque chose? demande-t-il. Je dors toujours les yeux ouverts pour pouvoir voir mes rêves passer dans le noir. Une nuit, j'ai rêvé à un rhinocéros.

— Je me souviens, dit le chasseur de rêves. C'était une si grosse bête que j'ai cru briser mes amortisseurs. On devra faire un pacte, Zacharie, et voir à ce que tu ne rêves plus à des rhinocéros.

— Peut-être, on verra, dit Zacharie en souriant.

Pendant que le chasseur de rêves essaie les différentes clés, Zacharie cherche le chien. Il va voir autour de la cabane et des serres. Puis, il voit de la terre voler partout. Il bondit vers le chien, mais le chien est plus rapide que lui. Zacharie se retrouve dans le trou, avec de la terre entre les dents.

Plus de trace du chien.

«Peut-être aime-t-il notre rue, songe Zacharie. Il ne veut peut-être pas partir.»

Le soleil éclaire la façade de toutes les maisons. Zacharie va avertir le chasseur de rêves qu'il lui manque toujours le chien.

— Attention! prévient le chasseur de rêves.
J'essaie de faire démarrer le moteur.

Zacharie recule de quelques pas. Pendant un bon
moment, rien ne se passe. La monture du chevalier
hennit. Puis, le moteur revient à la vie en rugissant
magnifiquement. Juste à temps : le soleil inonde les
rues.

— Bravo! crie le chasseur de rêves. Merci de ton
aide. Sans toi, je n'y serais jamais arrivé!

— Je n'ai pas trouvé le chien! lance Zacharie.

Le chasseur de rêves siffle un bon coup et le chien
poilu sort des buissons. C'est le chien rêvé de
Zacharie, avec une grosse moustache tombante et des
yeux couleur de bonbons au chocolat. Lorsqu'il agite
la queue, ses pattes de derrière touchent à peine le sol.

— Tu crois que tu l'aimerais, ce chien? demande le chasseur de rêves.

— Je l'adorerais, réplique Zacharie.

— Alors, il est à toi, lui dit le chasseur de rêves. Tu auras plus de plaisir à jouer avec lui qu'à réparer des aspirateurs.

Zacharie lance un grand cri de joie. Il a peine à croire à autant de chance.

— Merci! crie-t-il.

Le chasseur de rêves desserre les freins et envoie la main à Zacharie.

— Ça te va, comme pacte? dit-il. Mais plus jamais de rhinocéros!

— Ça me va! répond Zacharie en riant, au moment où le camion repart en faisant grincer sa vieille suspension.

Zacharie prend par le collier cette merveille de chien,
ce rêve devenu réalité, et ensemble, ils filent dans l'allée.
— Viens! On va sauter dans le lit de papa et maman.
Lorsqu'ils te verront, ils croiront qu'ils rêvent encore!